ESTE LIBRO
PERTENECE A:

- -

*A Anabel Lobo, amorosa responsable de
redondear mis textos, con eterno agradecimiento*
BEGOÑA ORO

Papel certificado por el Forest Stewardship Council®

MIXTO
Papel | Apoyando la
silvicultura responsable
FSC® C117695

Penguin
Random House
Grupo Editorial

Primera edición: septiembre de 2024

Printed in Spain – Impreso en España

ISBN: 978-84-488-6898-7
Depósito legal: B-11.310-2024

Compuesto por Keila Elm
Impreso en Talleres Gráficos Soler S.A.
Esplugues de Llobregat (Barcelona)

BE 68987

El unicornio de las LETRAS

UN OSO TRABAJADOR Y EL PROBLEMA DEL ORDENADOR

Beascoa

ESTE ES EL
UNICORNIO NICO...

¡NO ES UN UNICORNIO CUALQUIERA!
¡ES EL UNICORNIO DE LAS LETRAS!

NICO ES UN **UNICORNIO BLANCO**
Y TIENE TODO LO QUE UN UNICORNIO BLANCO
SUELE TENER:

UNOS **OJOS** ADORABLES

UN **CUERNO** EN LA TESTUZ

UNA **COLA** ESPECTACULAR

UNA **CRIN** IMPRESIONANTE

PERO HAY ALGO QUE HACE A **NICO** MUY ESPECIAL

SU CUERNO **NO** ES UN CUERNO NORMAL.

¡ES UN **LETRICUERNO**!

CON ÉL DIBUJA **LETRAS**.

Y NO SOLO ESO. A VECES, LE SALEN **LETRAS** AL GALOPAR. O TAMBIÉN AL HACER OTRAS COSAS... ¡NO LO PUEDE EVITAR!

Y CON LAS LETRAS SE PUEDEN VIVIR UN MONTÓN DE AVENTURAS Y RESOLVER TODO TIPO DE PROBLEMAS.

TODO EL MUNDO LO SABE, Y AHORA, CUANDO ALGUIEN TIENE UN PROBLEMA, PUEDE LLAMAR A **RAMÓN**, EL **DRAGÓN DE LAS LETRAS**, O A **NICO**, EL **UNICORNIO DE LAS LETRAS**. Y LO MEJOR ES QUE SIEMPRE SIEMPRE ACUDEN AL RESCATE.

LO QUE NADIE SABE ES QUÉ LETRA LES AYUDARÁ.

(PASA LA PÁGINA Y LO AVERIGUARÁS).

EL **O**S**O** **O**FICINISTA ES MUY TRABAJAD**O**R.

PERO HOY... OH, OH...
¡NO FUNCIONA EL ORDENADOR!

¡SE BORRÓ TODO!

NICO LLEGA AL MOMENTO.

¿QUÉ HARÁ CON SU LETRICUERNO?

NIC**O** PINTA...

Y SALE...

¡UNA O!

EL **O**S**O** LA C**O**GE
Y HACE P**O**MPAS DE JAB**Ó**N.

¿HARÁN FUNCIONAR
EL ORDENADOR?

LAS POMPAS HACEN

POP...

PER**O** SIGUE NEGR**O** EL **O**RDENAD**O**R.

NIC**O** DIBUJA
UNA O MÁS PEQUEÑA.

EL **OSO** PIENSA:

¡SERÁ PARA MI OREJA?

SE LA PONE
DE PENDIENTE.

«QUÉ GUAPO»,
DICE LA GENTE.

EL **OSO** SE MIRA EN EL REFLEJ**O**.

PER**O** EL **O**RDENAD**O**R
SIGUE NEGR**O**.

EL UNICORNIO INSISTE.

EL **OSO**
ESTÁ TRISTE.

¿**O** DE **O**ASIS?

¿**O** DE **O**RQUESTA?

¿ESPER**O** EN UN **O**ASIS A QUE BAJE UN **O**VNI C**O**N UNA **O**RQUESTA DE **O**VEJAS...

A REPARAR EL **O**RDENAD**O**R?

NIC**O** SEÑALA C**O**N EL CUERN**O**
HACIA UN B**OTÓ**N.

ESTÁ EN EL **O**RDENAD**O**R.
¡Y TIENE F**O**RMA DE O!

EL **O**SO **O**FICINISTA APRIETA EL B**OTÓ**N.

ESPERA UN**O**S SEGUND**O**S.
SE APAG**Ó**...

Y SE ENCENDI**Ó**.

DE PRONTO,
SE OYE UN RUIDO.

LA PANTALL**A** SE ILUMIN**Ó**.

¡P**O**R FIN FUNCI**O**NA EL **O**RDENAD**O**R!

TODO EL TRABAJO DEL **OSO** APARECIÓ.

EL **OSO** ESTÁ FELIZ.

Y LE IMPRIME UN DIBUJO
CON UN CORAZÓN.

UN C**O**RAZ**Ó**N R**O**J**O**
C**O**N S**O**NRISA Y D**O**S **O**J**O**S.

NIC**O** SALE
V**O**LAND**O**.
HA CUMPLID**O**
SU MISI**Ó**N.

Y EL **OSO** TECLEA:

APRENDE A DIBUJAR AL
OSO TRABAJADOR.

¿QUÉ EMPIEZA POR O?

IDENTIFICA LAS COSAS QUE COMIENZAN POR O EN ESTA ILUSTRACIÓN:

OSOS MUY OSOS

HAY OSOS DE MUCHOS TIPOS.
UNE CADA TIPO DE OSO CON SU DIBUJO.

OSO PEREZOSO

OSO AMOROSO

OSO VERGONZOSO

OSO VANIDOSO

OSO GOLOSO

UNA O RECORTABLE

¿TE ANIMAS A HACER ESTA MANUALIDAD CON NICO?

¡RECORTA LA O Y PÍNTALA CON TUS COLORES FAVORITOS!